다도해
多島海

양정동 시집

자서自序

나의 시詩 세계는
생生, 노老, 병病, 사死 중
노老의
과정에서 병病의 기간이 길어져
희喜, 로怒, 애愛, 락樂 중
로怒의 폭이 너무 넓고 깊어서 희喜, 애愛, 락樂의
폭이 좁아져 버린 삶을 살아 온 발자취다

내 삶 속에는
간접 경험보다
직접 경험이 더 많이 있는데
이것들을 나름대로
접목해 보았다

그러나 아직도
부족한 점이 너무 많다

2005. 6

青山 양 정 동

| 제2부 | 월송리에 달은 다섯 개가 뜨고 — **차례**

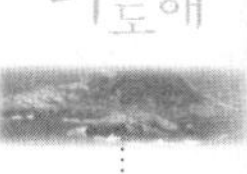

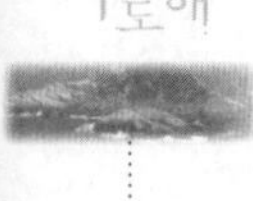

| 제4부 | 어느 길로 왔는가 ——— 차례

| 제1부 |

다도해

다도해 多島海

섬이 누워 낮잠 자다
선잠 깨 투정부리는 거냐
발장구 치는 파도여

물결 골은
구름으로 가슴 활짝 펴고

화물선
화안和顏의 파도 밀어 젖히며
넘어질 것인가
쭈욱 미끄러져 간다

불쑥불쑥 고개 내미는
섬 섬 섬

나 또한 간다

갱변에서

해송 나란히 손짓하는
갱변에

잔파도 숨죽이는 미동으로
더욱 낮게 밀려 와
자갈 속으로 숨는다네

실바람조차 없는 바다
수면은 잡초 푸른 융단에
황금색 석양 포대기 홑겹으로 덮었구나

초가지붕에 솟는 저녁 연기
용틀임으로 노을 감고 일어서면

참새 떼
어촌 골 딛고 솟구치는 자유여

물 속 잔고기가 뻐끔뻐끔
평화 삼키는 저녁

고향 갱변

*갱변 : 둥글둥글 마모된 자갈이
깔려 있는 바닷가

갯마을

눈 뜨는 바다
멀리 물러앉는 수평선

앉으나 서나
소나무 가지 사이로
떠가는 고깃배

바다 헤치고
청춘靑春 잡는 어부
해초 줍는 아낙
갯내음에 젖는 하루 해

바닷가 갯마을에
다시 새벽이 오면

지구 흔들며
소리치는 아침 햇살

오,
그 자연의 몸짓

봐라

봐라, 봐라 바다다
봐도, 봐도
끝없는 바다다

섬, 섬이
성글 벙글
가다 서다 가는 섬아

흐르며 가는 뱃머리에
갈매기 날개 얹힐 듯

저기 가는 저 배
어느 섬
뉘 찾아가는가

봐라, 봐라
나의 젊은 날을

바다야 바다

차돌

차돌은
바닷가에 살아서
모난 곳이 없나부다

한쪽이 대머리면
다른 쪽은 턱 길게 빼고

모래 속에서
머리 조금 내밀면
햇빛에 눈부셔 번쩍이기도

서로가 반질반질
위 아래 알 수 없는
탁마인지
마모인지

파도 따라 뒹굴다
굵은 것만 남아 있는

바닷가

다도多島를 보며

흰 구름
수줍게 오더니
검은 구름 머리 풀고
몰려 온다
낙엽도 꼬리 틀고
뒹구는구나

비, 바람 거세게
온갖 섬 내동댕이치려나 보다

다도는 먹거리 건지다
곤두박치는가
거친 숨으로
지구를 뒤엎는데

그것이
사라호였구나

바다를 꿀꺽 삼킨
그때
그 아픈 바다

*사라 : 1959. 8. (추석날) 초속 50m로
남해안을 휩쓴 태풍 이름

갯가에 앉아

까마득한 바다
그날따라 조용했다

잔파도 쪼잘대는
갯가에 누웠는데

해초가 취해 뒹굴고
배고픈 갈매기
갯가에 앉을 듯 날아

나는 갈매기 날개 밑에서
대나무 화살촉으로
해삼 찍어 올렸지

어린 때

섬에서 섬을

섬, 섬이 나란히
바다 비집어 방석으로
앉아 있는 섬

그 속에 마을도

주민들 도란도란
수면을 타고

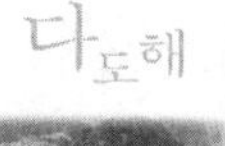

이 섬에서 저 섬으로
갯새 날개짓 한 번으로

건너는 거리

하루가 서서

오늘이 서서 간다

나의 오늘
너의 오늘들 모두 함께
뜀박질한다

계절과 밤, 낮을 넘고 넘으며
그렇게 오뚝 오뚝
하루가 서서

갈대숲을 넘나들고
길 위에서 마주치며
그러나 서로는

서로 다른 방향으로
스스로의
길 열어 달리고

또 달리고

산 위에서

올라 보라

산 오르지 않으면서
높다고 한다

오르고 나면
거기서 다시 만나는
또 하나의 산과 마주치는 것은
기쁨이 아니겠느냐

때로는 내 발이
산머리 위에 있을 때
팔 벌려 함성 지르면
구름은 내 등에서 조용히 쉬어 가고

바람은 반짝이는 땀방울
가져가더라

바람은 없다

마을 어귀 소나무
가지가지 흔드니
풀잎도 따라서

보리밭 들판
앉았다 섰다
누워서 딩굴고

논두렁 지나
산등성이 올라도

바람은 없다

어느 가을날에

낙엽 쌓인 길을 가는데

"어디서
오시는 길이십니까"
나그네가
이렇게 내게 묻길래

섭리攝理를 찾아가는
길이라고 했더니

그곳이 어디냐고 되묻기에
바람 잡고 서서
단풍에게 알아보고

겨울, 봄, 여름 따라가며
염불念佛 삼매三昧나 해 보시지요

말씀드렸지요

또, 산이

아나콘다 같은
산이 있어 오른다

이마에 땀방울 흙무덤에
뚝뚝 뿌리며 정상 향해 올라간다

올라 온 산
멀리 앉아 있고
그 뒤 저 먼 그 아래로
하얀 산 햇빛에 깔렸다

'야호' 소리로 품어 올린 입김
실바람에 실려
산 아래로 아래로
산산이 흩어져 간다

풀씨

풀씨가 바람 타고 간다

바람 여행으로 내려앉은
그곳
눈 쌓인 산이면 어떻고
들이면 어떠랴

밝거나 어두운 곳이면
또 어떠하리

바람으로도
제멋대로 할 수 없는
머무는 그곳에
보금자리 만들어

그 곳이
고향이라 생각하고 살면

그 또한 어떠한가

아들아

살면서 많은 것 보았다
아들아

아홉의 실패 맛 봤더니
쓴 맛만 남더라

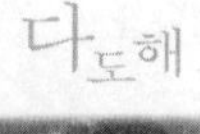

성공한 사람 말 듣고
따라서 했더니
실패만 했구나

실패한 사람
경험담 듣고
네 삶에 접목하면

어떠하랴

혼자인 줄 알았는데

동산에 올라
'야호' 했다

듣는 이
아무도 없는 줄
알았더니
까치가 듣고
청설모가 들었나 보다

세상엔
영영 나 혼자인 줄만

알았는데

독경讀經

새소리도
들리지 않는 산사의 아침

유유히 흐르는
계곡의 물도
풍경도
모든 나뭇잎도 독경을 한다

나무아미타불
관세음보살

오행五行

잔칫집 가마솥에
오행이 들어 있다네

토土
목木
수水
화火
금金

흙 위에 솥 걸고
먹거리 넣어
나무에 불붙이고 물 끓여
익혀 먹고 사는 건

사람 말고 또 있는가!

잔盞

작은 잔은
고임과 넘침이 빠르고 적으며

큰 잔은
고임이 느리고
넘침도 많듯이

인간에게도 잔은 있으나
고이고 넘침이 보이지 않아

허虛와 실實
알 수가 없구나

질량불변의 법칙이랴

터

종자는 아무 곳이나
주저앉아
싹을 내지 않고

밭은 아무 씨앗이나
받아 가꾸고
키우질 않는다네

무슨 법칙法則인가

한 사나이가

한 사나이가
산 정상頂上에 올라
하늘을 향해
소리쳤다

'내게 희망을 주세요오'

한동안 잠잠하다
어디서 들려오는 소리 있네

'여기서 너에게 줄 것은
아무 것도 없어
집에 가서 장독을 들여다보던지
아니면
독서삼도讀書三到에 들던지
네 맘대로 하거라'

나이로 사는 것이 아니야

인생은 육십부터라지

그쯤이면
삶의 뜻을 안다는 것일 뿐
나이가 무슨 상관이런가

나이로 사는 것이 아니라

그것은 어쩌면 뉘우침
아니던가

여인송 女人頌

여자가 무어냐

세 여자란
또
무어냐

어머니
마누라
며느리

참으로
눈부시구나

들장미

산길에서
싱그러운 장미 한 송이를 보았다

햇빛 따라 움직임이
너무 아름다워 한 발 다가가자

'꺾기만 해 봐라
확 찔러 버릴 거야'

더 가까이 가자
떨리는 목소리로

'뿌리채 가져 가오소서'

어느 가을날

황금들

논둑길 걸으면
개천에
그림자 하나
숨어서
나를 따라 흐르기에

살그머니
숨죽여 들여다 보니

또 하나의
내 그림자가
넌 왜 빈손이냐

내게 묻더라

먼 뒷날

사람에게서
지혜의 향기는 풍기다 마는가

사람을 따라다니는
생활 속의 한 구절

꽃잎은 지기 전에
향이 먼저 떠나지만

인간의 지혜는
갈수록 넓어지고

향기도 영원히
머물더라

먼 뒷날에도

포근했음으로

아늑한 찻집에서
사랑하고픈 이와
마주 앉아
커피를 마시는 시간
편안하고 포근한 마음
이보다 정다움은 또 없다

행복했음으로
즐거웠던 순간
그가
멀리 떠난다 해도

난 애써
평화를 찾을 수 있으리라

월송리에 달은 다섯 개가 뜨고

월송리에 달은 다섯 개가 뜨고

황혼은
서쪽 바다로 느릿하게 내려앉고
수평선 동쪽 바다에
두둥실 오른 달이 그 첫 번째요

명사십리 잔파도 위에
실바람 살포시 헤치고
뜨는 달이 그 두 번째

해송 벌 자갈 갱변 아래
작은 바다에 홀로 솟는 것은
그 세 번째 달

벗과 마주 앉아 기울인
술잔에 잠긴 달이
그 네 번째 달이요

윗골 선창 주막집 지붕 넘어
웃으며 떠 있는 달은
마음 속의 달이로다

*월송리 : 전남 완도군 금일읍에 있는 마을
윗골 : 길이 하나로 된 외길 골목이란 뜻

다도多島 고향 골목에는

완도 금일은 내 고향
선창에 내리면
외오리 마을 뒷산 빤히 다가서고

낚시 던지던 선창은
옛 이야기 고스란히
예대로 달려든다

잊었던 고향 골목에
알쏭달쏭 흐릿한 얼굴은
세월 속에 주마등으로

내 마음
겨웁도록 익어 있는
외시골 들녘 새록새록 걸으면

외오리 작은 논길
나를 감고 앞을 연다

*완도 금일 : 전남 완도군에 속한 금일읍을 말함

소(牛)

육지로 뻗는 큰 섬에서
소를 먹였지

이사 때 팔았더니
끌려가다 뒤를 보며
눈물 흘리기에
등 다독거려
'잘 가라' 해 주었네
수년이 지났어도
그 모습 문득 문득 생각나

말 못하는 짐승이지만
움직이는 동물 밟지도 않고
주인 말 잘도 듣는데

아니 세상에
소보다 못한 이들

너무 많구나

어부는

하얀 옷 입고
하얀 돛배 몰아
먼, 먼 흰 바다에서

등 푸른
고기 잡는구나

선창에 넘치는 푸르름 속에
번뜩이는 하얀 웃음

어시장에 출렁대는
또 하나의 작은 바다

어지러운 세상 향해
하얀 날개 펴고
하얀 마음으로 바다에 살사

바다로 넓게 살자

바다 꽃

바다 꽃
뭉실뭉실 밀려 온다
파도가

파도 머리엔
하얀 꽃 만발이다

항구에서 나온 불빛
조명으로 앉고

별 빛은 파도 등에
외파도, 줄파도
조각파도도
항구로 넘실넘실

파도 등 높아지면
바람도 따라서 몰아치는가

포구에 선창을

꿈을 섬에서

높은 꿈을 몽실몽실
섬에서 펼 때

돌담 골목 그늘
뒷산 소나무 밑
바닷가에서 골방에서도

깨알로 쓰인
색이 바랜 책
밤새도록 읽으며
희망이 부풀 때

육지에서
인연因緣의 끈을 준 이는
아무도 없었다

그러나 지금도
그 꿈은 존재한다

섬 바람(風)

그 때도 시굴은 섬에도 있었다

우리 집 앞, 옆 뒤가 돌담
그 넘어 초가, 기와집

한 여름 소나무 푸른 그늘에 누워
바람, 바람 속에 살았는데

지금은
도시 가운데 조경 만들고
하늘로 솟는 벽돌담
돌고 도는 바람 잡아서

자연 풍 내려고 밤낮으로
검은 연기 하품질 하지만

해송 그늘지나
돌담 밑으로 오는 바람
그 한 점만 못하더라

*시굴 : 시골의 방언

뱃고동 소리

항구의
야경을 뒤집는다

뱃고동 소리에
지축이 흔들리게

바닷살 파르르
별빛도 휘둥글 눈 돌린다

구름길에서
바람 떨어져 허우적이니

달빛이 항구에 젖어
선창에서 소근 소근

밀려오는 잔파도
갯전에서 도란도란

기적이 지난 뒤
작은 항구는
적막이

선창船艙에서

노을이
금색 바다로
잠수할 즈음

만선滿船은
넘실대는 금빛 파도 가르며
선창으로 들어온다

뱃장에 생어生魚
바다로 뛰어들 꼬리침은
푸르름 그것이다

전어, 가오리, 병어
엇비슷 숭숭 썰어
초장에 푹 찍어
소주 한 잔 곁들이면

외시골 주모가
따라준 술맛

이보다 나을까

백사장은 내 것

어릴 적
섬 고향 백사장
알몸으로 뒹굴다
바다에 첨벙

그해 여름 햇살은
유달리 쨍쨍거렸지

물 속 끼여
친구 다리 걸어 넘기고
줄행랑

뱃전에서 오줌 멀리 싸기
서로 보고
깔 깔 깔

도망 간 척 뒹굴면
알몸이 모래인
바다에 첨벙하면 다시 알몸

그때가

위기는 내 몫

산골짝 풀밭에 소를 놓고
친구들과 바위에 올라
유행가 부를 때

서쪽에서
구름이 비바람 몰고 와
천둥으로 난동 치니

소가 놀라
남의 논밭 가로질러
꼬리 들고 뛰어

잡으려고 나도 뛰니
고무신 미끄럽지
허리띠 풀어지고
바지 내려가
무더기비 쏟아져
눈은 뜰 수 없고
언덕으로 넘어지며 뒹굴어

밭주인 고래고래

호랑이 인상에
몽둥이 들고 쫓아오니
숨은 막히지

위기는 내 몫이더라

그 때에

*무더기비 : 소낙비의 순수 우리말

못 생긴 조개여

바다 속 바위 틈에
못난 조개 옹기종기

해초 물결 속에 입 물고
파도 휘몰아 때리고 밀고
당기며 부서져도
아랑곳 않고

악으로 버티며
그렇게도 못 생겨서
거칠게 피어난 꽃

석화石花여

그대는
생선 꽃인가
해초 꽃인가

떨떠름하지

오늘도

당신의 오늘이
저물어 가는 것은
살아 있는 날 하나가
줄어든 것 아니냐

다만
세상을 무심코
바라보지는 말아라

내일 다시
앞동산에 불끈 치솟는
해맞이를 향해
오늘도 땀방울 퉁기자

그대여

빈 손

한 노인老人이
세상을 떠났는데
상여 밖으로 손을 내밀어
마을 사람들 향해 흔드시네

젊은이가
다가가 물었지
'어르신,
왜 손을 흔들며 가십니까?'

인생은
'빈 손으로 왔다가
빈 손으로 가는 걸세'

땅따먹기

땅따먹기 하는 아이들

이마가 부딪치고
바지 내려가
궁둥짝이 훤히 보이는구나

땅따먹기는
이미 날은 저물어

초승달
골목으로 내려와
큰 눈으로 볼 때야

따 논 땅
그냥 두고
흙 묻은 손 짝짝 털며

맨손 쥐고
밥 먹으러 간다

바람 불어 준다면

파란 그늘 속에
사찰寺刹 한 채
조용히 숨 내쉰다

산책散策 나온 동자승童子僧
실바람에 나뭇잎 우는 소리에
놀라는 눈 사르르 감는다

바람방아 빙빙 돌게
불어 준다면

불볕 같은
팔월 햇살 달랠 수 있으련만

독경보다 자연에 묻혀
꿈틀대는 벌레 보며
손뼉 탁 치는구나

동자승은

바람이 되어

그대가
바람으로 내게 온다면
난
가지 되어
미소로 손 내밀 거야
아니
내가 바람이 되어
그대에게
사랑한다고

나무 흔들 거야

비결秘訣

짚신을 삼아
연명延命하는 부자父子가 있었네
옛날에

부자는
짚신을 밤새도록 삼아
시장으로 갔지

아버지는
한나절에 다 팔았으나
아들은 온 종일
반도 팔지 못했지

아버지께 물었으나
묵묵부답默默不答이었지

세월이 흘러
죽음에 이르자 아들을 불러서

"짚신은 털(毛)을 잘 다듬어라"

시詩 한 편

한 팔로
안을 수 없는
하늘과 땅에

시 한 편
살며시 펴본다

가랑비, 이슬비, 무더기비
그 속에 방울 하나
젖을 만도 한데

그래도 어떠랴
태양이 무너질 쯤이면

내 시 한 편
바람 타리라

목련 잎 하나가

까치가
목련나무 가지에서

후다닥
이방異邦으로
날라 가자

잎 하나
돌담 밑으로
넘실넘실

졸음도
후다닥

둥근 눈동자로

오늘
하루의 시작

바람이

가지 끝에
조금 남아 있는 생명이 있다

명성의 세월이
바람을 타고 가버려

서산에 걸려 있는
한 뼘의 삶이 싸리 바람에
속살 아려도

큰 산 그늘 속
큰 맘으로 끌어안아

먼 훗날
명산名山 속의 꽃으로 피워

뜨거운 가슴에
알찬 열매로 다시 나게 하리라

바람이

마음은

사람
마음은 물이다

물의 색이
마음의 색色이니

물의 양量과 질質도 가지가지
색도 가지가지여서

그래서
선인과 악인이
구별 된다는 거냐

당신은
어느 쪽

나무 하나

산 하나 그려 보고
나무 하나 세워 본다

때로는
나의 삶이

하찮게
여겨졌다가도

오,
시詩를 쓰는 시간

남보다
월등越等하지는 않으나
삶의 골이

너무 넓고
깊어서

알 수 있으련만

곱게 핀
꽃 한 송이를
가까이 더 가까이서
봐라

아름답고 신비하지!

길가에서
잡초 하나 뽑아 들고
잎, 줄기, 뿌리를 봐라
서서히 자세하게
더욱 세밀하게

무엇인가를 발견하여
그것을
이해할 수 있다면

인간의
삶이 무엇인지를

알 수 있으련만

걷는다

잎 지는
가을 길을 걷는다

가로수 느티나무에서
잎 하나가

황기黃旗 눈썹 얼굴로
포물선 따라 날라 가다
떨어져 허전스리 구르다
멈추기에

손으로 들어 보니
여린 수줍음
가벼움에 젖어 있구나

가을은 가냘픈
외로움을 가리고
걷는 것을

그래!
너도 가을

날개가 세 쌍

날개가 세 쌍 달린
새가 날고 있다

가장 앞날개로
눈을 가리고

두 번째 날개로
가슴을 가리고

마지막 날개로만
날고 있다

불미스러운 것 안 보고
가슴(心)을 다스리며
날고 있다

흰 웃음

달빛이 밝고
별빛이 빛난다고

장미꽃이 예쁘다며
해바라기가 함박
웃는다고 하지만

한 가족
식탁에 앉아
나온 웃음이

백합보다 희게
보이는 건

그 속에
사랑이 있기에

중용中庸과 중용重用

멀리 있든
가까이 있든
큰 것을 작게
작은 것을 크게
보인다고
하는 이가 있고

큰 것은 크게
작은 것은 작게
보인다고 하는
이도 있다

이건 무슨 이치일까

당신은
어느 중용中庸, 重用

구멍

내 공간의 시작은
첫 울음 소리였다

그러나 이젠

그 첫째가
가정이요

그 둘째는
직장이요

그 셋째는
나의 이상이요

그 넷째는
내가 즐길 수 있는 자연이요

그 다섯째는
나의 영원한 침실이요

그 마지막 공간은
내가 돌아 가야 할 구멍이다

새벽에 서서

새벽에 서서

병풍屛風친 산 아래
새벽이
가슴을 열어 온다

두부장수 요령소리에
새벽잠을 깬 참새가
가로수 가지에 뛰놀고 있느냐

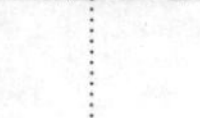

게으름으로
도열堵列하는 가로등 불빛
아침 햇살에 고개 숙이면

저기 서둘러
뜀박질해 오는

오 너는
아침이구나

혼자서

이 밤에
누가 날 부르는가

찾아올 이 없는데
살며시 문 열어보니

뜰에 내린 그믐달
싸리 바람 몰고 와

낙엽 담아
가는 소리가

먼 산이

산꼭대기에
구름이 걸쳐 있다

그 아래에
이마가 세상을 보고

더 아래에
눈과 콧날

더 밑으로
입도 보이더니

거기
그렇구나

마음까지도
보인다네

흔들어도

청송이
가지를 젓는다

이리 젓고
저리 저으며
움직일 수 없는 것은
누구인가

거친 숨으로 고래고래
도망갈 수 없다고
나는 허우적이고

바람, 바람이
푸른 소나무 가지를

어제 간 바람 아닌
오늘 또 다른 새 바람이

누구를 흔드는가

지구는 날로
더욱 시끄럽구나

물이 흐르듯

물은 낮은 곳을 향해
흐른다

아흔 아홉 가지
장해障害를 헤치고
수평水平이 될 때까지
흐르고 또 흐름 속에

거기 기다란 인간들
삶의 행렬이
절뚝거리고 있느냐
미끄러지고 있느냐

그 끝자락에는
오늘도 햇볕이
가지런히 눕는구나

가을 길에서

햇빛이 그림자 따라
춤추는 산길
단풍을 가지에
매달았다

그 산 밑 오솔길로
갈바람 이는 오늘

쌓인 낙엽 밟으며
걷고 있는

가을 한나절
끝자락에

바람이
사뿐히 눌러 앉는구나

거리에서

빌딩 숲 아래
와글와글 뒹구는
오늘의 교차로

방향 엇갈려
웅성거리는 발자국

하나하나는 신의 새로운
창조의 손짓

더욱 익숙한 걸음걸음
혼자만 아는 곳으로

서로는 또 갈리는
거리에서
먼 하늘을 본다

소리소리

담 모퉁이도
정다웠던
다듬이 소리

어린애 우는 소리
도련님 글 읽는 소리
모두 어디로 사라졌느냐

오늘은 세탁기 소리
자동차 소리
학원 칠판 소리가
아이들 울음소리마저 삼키고

소리소리
뒤바뀌는
지구마저 뒤뚱대는

소리, 소리

하얀 아침

세상은 어찌하여
오늘 아침 따라
조용하냐

펑펑 쏟아지는 눈 속에
파묻힌 욕지거리

소나무 가지 버드나무 가지
수수꽃 다리 가지
가로수 가지도

묵직한 침묵이구나

앞산, 뒷산, 서울, 시골
고속도로
세상이 온통 흰 눈 잔치

더러운 정치 바람도 파묻힌

오늘은
하얀 아침

초저녁에

바람이
창문 흔들고

멀리 날아가는
새소리
창 밖을 스치기에
서둘러 내다보니

얼굴에
달빛 바른

오,
그대는
버드나무여

산을 보며

세월은
바람 속에서도 가지 않고
시간 속에서도
가지 않는다

몸뚱이만 가고 있는가
어릴 때
뛰고 놀던 달과 별

그 아래 산과 들
더불어 가는 것인양

나 홀로
구름 등지고 서 있으면

저기 바람 일으키며
성큼 성큼 다가오는

세월이여

나는 산이고 싶어라

뛰는 개구리

개구리가
자기 방식으로 청소를 한다

원圓, 각角, 평면平面을
밀고 당기며

원은 원대로 각은 각대로
닦지 않고

원을 각으로
각을 원으로 뛴다

방향도 뜻도 모르고
펄쩍대는데

개구리 옷 입고 다니는가

그대는

텃새 한 마리

산에 날면 멧새
들에 날면 들새
강에 날면 물새
바다에 날면 갯새

사람 속 누비는
텃새 한 마리

나 또한

그럴 수 없느냐

청송青松으로
살 수 없느냐

사계절
푸르디푸르게

그렇게 바람 속에
휘어지는 가지

서로 사랑하며
살 수 없느냐

그럴 수 없느냐

한 줄로만

발자국, 발자국

돌아서서 지워 버리고
다시
시작할 수 없을까

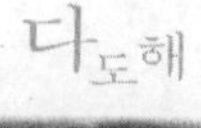

오로지 한 줄로
살아온 거구나

인생은 일회용

로봇ROBOT 시대에

— 장애시대에

개가 짖는 이유를 인식하는
디지털 전자 기기를 들고

컹컹대는
개에게 다가서면
"물러가시오"

도둑을 보면
"저 사람 기분 나쁘다"는 표시

거리에서
아가씨를 보고
꼬리 흔들며 다가간 개에게

"정말 예쁘군요"

걷어 올리고

누리에 적막이
가득하다

한밤이
골목으로 찾아들어

서생원鼠生員도
조심스레 걷는데

소슬 바람에
잠 못 이룬 이

길가에 앉아
버린 세월을

걷어 올리고 있네

산에게

산아
그대 있어서
오른 것이야

내가 있어서
또한 오른 것이야

올라도 올라도
오를 것이 있다는
뜨거운 가슴

내 앞 가로막는
그대 있어도
나
오르고 또 오르련다

남산

남쪽에 있어서가
아니다

북쪽에서 봐도
그대는 남산

그대
훌쩍 뛰어 넘어

저 멀리서 바라보아도
남산이야

북쪽에서
불러 보면 다만

그대 남산은
남산

뭐야

골목길을
뛰던 강아지

제자리에서 빙빙
지구본이다

꼬리가
입을 물려는 건지

입이 꼬리를
물려는 건지

알 수가 없네

'얘 너 뭐 해'
'인간들 흉내내는 거예요'

목련 가지

아침 햇살은
늘 졸기만 했던가

알가지로
긴 겨울 지냈구나
목련이여

오늘 소녀 혀
살며시 내밀어
보라 잎보다 먼저
세상에 나온

그것은
웃는 낯이구나

내리사랑

시골 장터에
할머니가

나물 몇 줌 놓고
아낙들 쳐다보며

띄우는
뽀송한 웃음

마을 어귀서
과자 한 봉지
허리춤에 차고

싱긋이 띄워 보는
손자 얼굴

버드나무

초저녁 얕은 잠
실눈으로 접어들 쯤

그림자 하나
밖에서 서성거려

정다운 사람
찾아와 서 있는 거냐

후다닥 창문 여니
얼굴에 달빛 바른

버드나무 가지가

첫 울음

'나오자마자
왜, 그렇게 우냐?'

'살아갈 일이
너무 막막해서요'

'음, 그래'

'포근한
엄마 뱃속이
그리워서
우는 게 아니고?'

……

속은 다르다

붕어빵 집에
붕어가 없고

쥐똥나무에
쥐똥은 없다

모양은 같으나
속은 다르다

이것이
저것일 수 없고
저것이
이것일 수 없는 것

모양은 흉내 낼 수 있어도
그 본질을 알 수도 없고
흉내 낼 수도 없는 것

짝짓기

스물 셋
백마 탄 사나이 골라야지

스물 넷
그런 사람이 어디 있냐!

스물 다섯
보이지 않네

스물 여섯
어디 계세요 오 오

스물 일곱
그래도 없네

스물 여덟
그래 그냥 갈 걸

스물 아홉
날 좀 봐 주세요

좋은 일 있으려나

졸립다
눈 비비고 일어나
아침을 할까 말까
망설이다

출근시간 늦을세라
골목길 잡아 당겨
잰 걸음으로
집을 나서려는데

감나무 가지 타고
뛰노는 까치 한 쌍이
꽁지 서로 흔들며
까치, 까치, 까까치 하기에

오늘은
좋은 일 있으려나!

제4부

어느 길로 왔는가

어느 길로 왔는가

여러 길이 있는데
어느 길로 왔는가
육상, 해상, 항공
아니면 걸어서

갈 때는
어느 길로 갈 것인가
그냥 오던 길로
아니면 바꿔서

조심스레 가소
옆, 앞, 뒤 신경 쓰지 말고
빠르게도 느리지도 않게
안전한 길로

자신을 잘 다스려
분수를 가리며 당당하게
남 헤쳐 욕먹고 이룬 성공보다
축복과 존경 받는

아름다운 성공 말이야

평화 한 줄기

겹겹이 괴상하고 묘하다
까마득한 절벽 아래
사찰 한 채

고요가 우는 한나절
시주 기다린 햇살
서쪽으로 기울고

달은 지붕에 서성이니
뜸북이 소리 숲으로 스밀 때

번뇌煩惱 터는 목탁 소리
마당에 다리미질

별이 눈썹 세워
더 똑똑해지는 저녁 절터

자연 속으로
속으로 끌고 가는

평화 한 줄기

향香

선한 이와 있으면
지초芝草 난초蘭草 향이
가득하여

서로에게 동화 되어
맡지 못하고

선하지 못한 이와 있으면
생선 가게에 있는 것이랴

오래 있으면
생선 썩은 창고에
사는 것이니

붉은 주사朱砂를
지니고 있으면 붉어지고

검은 옻을 지니고 있으면
검게 되는 것일세

*지초芝草 : 영지버섯과 같은 것에서 나는 향
*난초蘭草 : 향이 많이 나는 열대 식물
*주사朱砂, 진사辰砂 : 진홍색의 육방정계, 수은과 황의 화합물 수은제조.
　　　　　　　　　적색 한방용으로 씀
*옻 : 옻나무로 만든 칠

자연의 연륜

이슬비 호수 적시고
발아래 구름 조각
철썩인 소리 평화를 흔든다

물새 반쯤 기울고
낙하할 듯 비행하다
버드나무로 숨어
모르는 소리로 시골 지붕 덮는다

돌담 넘는 등나무
기차보다 길게 굽이굽이 돌고

한 폭의 풍경화

자연을 사랑한다고
세상 향한 피리소리
산천이 감동할 소리만

자연의 연륜
몇 년이나 남았을까
피었다 지는 꽃으로 보는가

철새가 군무를

천수만 수면에 저녁 노을 깔려 있다

시시각각 펼치는 철새들의 군무
우우시시 휘여 날다 행렬을 바꾸어
갈라지려나 뒤집어
파도로 밀려 오더니
부서지려나 뭉쳐지다 흩어져
멀리 밀려 가버렸구나

다시 합류로 우우 다가오고
또아리칠 땐 용의 승천
먹구름 물 속으로 곤두박질하고
높고 낮은 산 수시로 변하여
분간 못한 춤사위
짙은 물안개 헤집어
바람으로 몰려 다니는
수십만 새소리는 군사의 함성
물위 저녁노을 천수만

저들에게도 진두 지휘하는
우두머리 분명 있을 터

*천수만 : 충남 서해안에 있음

삶은 평생 도전이다

실패했다고 포기하거나
어깨 내리지 마라

그것은
하나의 경험일 뿐
끝이 아닌 시작이다

삶을 포기하고
끝이라고 단념하면
더 복잡한 일 산 되어 밀려 온다

당당한 시작은
신선한 새 출발

늦다는 순간
가장 늦은 것이고
시작하는 순간
가장 빠른 것이다

시작하라
의욕과 용기로

삶은 평생 도전이다

옛집

섬에 있는 옛 고향 집

뒷산 소나무 예대로
바람개비 솔개미
보이지 않고

돌담 오른 나팔꽃
나를 보고 여린 미소만

두레우물 목말라 하늘 보니
앞마당 줄어들었나 좁아 보인다

내 마음 주렁주렁 긴 기억
흙과 물 하늘 창조로 태어나
삶이 시작된 곳

돌아오면서
그 집이 왜 "우리 집"이라고
말이 나올까

타인이 산지
수십 년인데

날 돌려

얼마만인가
오랜만이네

수년 만에 만난 동창
너무 반가워

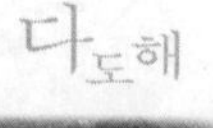

오가는 술잔 속에
살아난 옛 우정

휘청이는 걸음걸음
헤어짐이 아롱아롱

골목이 빙빙
날 밀었다 땡기고
대문이 왔다 갔다

자네가 날 돌리는가
아니야

세상이 돌지

가더라

비 오는 날
연인이

남자가 우산을
여자 쪽으로
기울고 걷다가

우산으로
두 얼굴 가리고
잠시 멈췄다가
다시 걸을 땐

여자가 비를 맞고
우산은
남자 쪽으로 기울고

가더라

돼지와 부처

어느 임금님이
대사에게

"대사님은 얼굴이 돼지로
보입니다" 했다

"저는 임금님이
부처님으로 보입니다"

"아니
나는 돼지라 했는데
왜 부처라고 하십니까"

"껄껄껄
돼지는 세상이 돼지로 보이고
부처님은 세상이
부처님으로 보이지요"

눈은
마음의 창

분명히 있다

다 평등하다고 하나
질은 분명 있다

높은 자리에서
저질 행위

낮은 자리에서
존경 받는 이도

지식은 강하나
실천이 약하고

지식은 약하나
실천에 강한 이도

배추씨도
좋고 나쁜 것이 있으니

인간에게도
그런 것이 분명 있다

설악산 등산로에

등산로 가장자리에
할머니가

반점 얼굴에
구름 화장하고 앉아서

"꽈배기 사세요"
"맛 없으면 환불해 드립니다"

삶의 의욕
무릎 아래 마음으로

그렇게 살아 왔을까
이제야 깨달았을까

묻지 못하고
오는 차창에

아롱아롱

아침을 여는 사람들

안개 덮였는데
새벽이
산등성 두들겨 아침을 연다

기지개 켜는 골목에
어스름 남아 있을 때

미화원 싸리비는
고양이 발자국 지우고

신문 배달원
골목 휘도니
우유 넣는 이도 따라서

새벽을 여는
그들은

진정한 이 나라의
애국자

카타르시스 Catharsis

화가 난 주부

도마 위에
계란 두 개 놓고

밥주걱으로
위협을 한다

"야 어떤 놈이 먼저 꼬셨냐
응 말해 안 해

요것들을 팍 깨서
기름에 튀겨 버릴 거야
빨리, 야!

요걸 확 그냥"

딱 한 선배

진정한 선배
두 명은 필요 없고
딱 한 사람

살아오면서 겪은
삶의 선 체험을
내게 말해 준다면

그의 인격을
내 것으로 삼아

지름길로 살아왔을 걸
하는 생각이

지금도
그런 선배 필요하지만

만나지 못했다

하루도 없더라

언제 누가 폈을까

구름 떠간
푸른 허공

어릴 때 봤던
지금도 그대로

새, 나비, 솜털구름
하늘하늘 놀다가

어느 땐
검은 구름 몰고 와
비, 바람 사납기도 하지

하늘에
구름 한 점
내 맘대로 할 수 없고

세상에 맑고 갠 날
하루도 없더라

기다려 주지 않는다

스승님은
기다려 주지 않는다

가르쳐 주시던
말씀 하나 하나
지혜와 지식이었는데

살면서 문득문득
생각났지만
이래저래 하다가

세상에 안 계신다는
소식에

스승님은
날
기다려 주지 않는다는 것을

물든 비닐봉지

어쭈 요것 봐라

빛이
반짝 반짝해서 보니까

저쪽이 눈에 띄네

띄는 쪽을 잡는데
이쪽이 볼록 볼록하네

볼록인 쪽 잡으니까
또 저쪽에서 튀네

튀는 쪽 잡으니까
다시 이 쪽이 솟구치네

양 쪽을 누르니까
가운데가 터지려고 해

그냥 놨는데
말랑 말랑

무얼 하고 있으리

천진天眞스러움에
동네 쓸고 다니던

많고 많던 소꿉친구들
지금은

어디서 무얼 하며
살고 있을까

바람에 구름 가듯
살던 어느 날

그 때가 좋았구나
하는 생각에

그 시절
다시 올 수 없다는 것을 알면서도

오는 봄에는

햇살 바른
가로수 가지에서
싹수머리가 나온다

여름 푸르름
제 것인 양 멋거리 부리다

서릿바람 이는 날
지 몸 다칠세라

떨어지라
흔들고 또 흔들어

잎 하나 색이 변해
낙엽이 되어

오는 봄 너를 타고
다시 오리라

열매는

나이든 사과나무라도
해마다 싱싱한 사과가
주렁주렁

다 자란 열매는
온 몸에 사연사연 안고
모목母木을 떠나

다시 올 수 없는
방향도 모르는
낯선 곳으로

그 곳에서
새 삶을
영유하기 위해

열매 속에 씨는
자기만의 전통 맥을

영원한 고집으로

물거울

작은 연못에

흰 구름 떠 있고
푸른 하늘도

소나무 울고
참새도 날아

내
얼굴도 보여

마음 보려고
손 물 뜨니

찡그린 표정으로
조용히 두고

보라 하더라

마음은

보, 가위, 바위

아이들이 계단에서
가위, 바위, 보 놀이를 한다

"가위, 바위, 보"

함박웃음에
오른 모습 보고

그 자리에
머무는 괴로움

다음엔 꼭 더 높이
오른다는
생각으로

생활은 파장波長

어떤 날

태양은
자기 것이라며

날 보고 달
달라고 하기에

"맘대로 하거라"
했는데

"또 뭐 없나" 하며
샛별 따서 자루에 담더니

은하수 쓸어
주머니에 넣기에

실컷 가져라

내 것은 따로 있다

나룻배가

나룻가에
임 기다리는 배 하나

모가지 둑에 걸고 잠이 들어
호수는 조용하다

짹짹이는 참새
풀잎은 간지러움에 서 있고

뱃전 드러낸 채
드르렁 드르렁

밧줄 늘어져
잠자리 쉬었다 가니

물오리 날갯짓에
수면 햇살 반짝반짝

나룻배 코고는 소리에
놀란 붕어가
줄방귀 뀐다

방울이 연잎에

연잎 군락群落에
연못은 물이 없다

방울방울
가장자리에
서로 보며 글썽글썽

딩굴다 멈춰서 아슬아슬
미동微動 한 번이면

간질스러워
애처롭기도

은구슬
하늘하늘 놀다

궁천宮天 처마에
여덟 잎 연꽃으로 피어라

*궁천宮天 : 궁궐의 하늘

노력하면 보인다

동쪽 바다에 뜨는
찬란한 아침 햇살

일찍 일어난 이만
볼 수 있고

저녁 노을 황홀함도
보려고 노력하는 이만
볼 수 있다

뜨고 지는 햇살
보지 못해 구별 못하면

신비한 자연의 흐름
알지 못하고
사는 사람

아닌가 싶다

푸른 마음

저기 저 구름 위에
네 맘
내 맘 올려놓고

누구 맘이
착함인지
손잡고 바라보자

저기 저 산 위에
네 맘
내 맘 그려 놓고
노래하며 바라보자

누구 맘이
푸름인가

웃으며
보자, 보자

삶의 진실 추구하는 순박한 인생파 시 작업

洪 潤 基

문학박사, 외국어대학교 「한국시작품론」 담당교수, 경기대 초빙교수

시詩는 평생을 두고 쓴다. 누구에게나 완성된 시는 좀처럼 찾아보기 힘들다. 시인은 일생을 통해 단 한 편, 가장 빼어난 시를 세상에 남기면 된다.

오로지 한 편의 뛰어난 시작품. 그 시는 드디어 한국의 시문학사詩文學史를 장식하게 되는 것이다. 과연 이 땅의 시문학사를 장식할 만한 시를 몇 사람이 남기게 되는 것인지는 아무도 측량할 수 없다. 또한 시문학사는 당대當代의 평가로서는 그 논의論議가 역시 완벽할 수 없다.

그 시가 좋다, 어떻다고들 서로 지적하지만, 그것을 들추는 이의 수준이 먼저 저울질되어야만 한다. 시를 차원 높은 경지에서 바르게 비평하는 일처럼 어려운 일도 따로 없을 것이다.

나는 학교에서 학생들로부터 간혹 다음과 같은 질문을 받는다.

"위대한 시인의 조건은 어떤 것들을 갖추는 데 있습니까?"

나는 이 때, 영국 시인 T. S. 엘리엇의 말을 들어 대답해 준다. Eliot은 위대한 시인의 3가지 조건을 다음처럼 제시한 일이 있기 때문이다.

"가능한 한 많은 수의 시작품을 쓰는 것이 첫 번째 조건이다. 두 번째 조건은 가능한 한 서로가 다른 스타일(형식)의 시를 써야 한다. 셋째 조건은 시인 스스로가 자신의 관심의 폭을 넓힐 것."

이와 같은 T. S. 엘리엇(Eliot, T. S. 1888~1965)의 위대한 시인의 세 가지 조건을 우리나라의 젊은 시인들에게 이 자리를 빌어 아울러 지적해 두련다. 시를 공부하는 우리는 자신이 몇 편의 우수한 시를 썼다고 하여 결코 자만하거나 우쭐대서는 안 된다. 우수하다는 기준도 문제가 되거니와 시인은 겸손하게 자기의 시어詩語를 다듬는 작업을 끈질기게 이어 나가야 한다. 일평생을 두고 참으로 최선을 다하는 자세가 바람직하다.

Eliot이 가능한 한 많은 시를 쓰라고 지적한 것은 시는 다양하고 폭넓게 또한 오래도록 쓰고 다듬으라는 소리다. 가능한 한 다른 스타일의 시를 쓰라는 말도 역시 제1조건 속에 포함되는 가르침이다. 제3의 조건 역시 마찬가지다. 계속 쉬지 말고 일생을 두고 끈질기게 쓰는 이가 이 세상에 좋은 시를 남기게 된다는 것을 여기서 거듭 양정동 시인과 모든 시인에게 아울러 일러두련다.

양정동의 시 원고 뭉치를 한 편 한 편 읽으면서, 나는 그의 인생과 시련의 발자취를 역력하게 느낄 수 있었다. 그의 끈질긴 삶에의 도전이 담긴 것이 그의 삶을 일관하고 있다. 그는 결코 어떤 역경에도 좌절하지 않고 인내하며 피나는 노력 속에 오늘을 영위하며 시를 쓰는 그야말로 이 땅의 인생파 시인이다.

나는 그의 시편들을 읽으면서 그의 시업詩業이 장차 값진 보람을 누릴 것이라는 것을 기대하며 붓을 들었다. 이제 우리 독자들은 그의 시편에 대한, 그 시편의 내부에 대한 천착 속에 그의 시의 가능성을 우리가 함께 살폈으면 한다. 필자는 양정동의 시를 통하여 순수한 그의 정감情感은 그를 장차 이 땅의 인생파 시인으로서 성장시킬 것을 기대한다.

언어와 언어의 메타포, 이미지와 이미지의 새로운 국면, 존재와 존재의 자아 탐구에 골몰하는 그의 시창작의 모습 속에서 차츰 그의 순수 인생파 시는 서서히 알찬 뿌리를 내릴 것이다.

양정동은 우선 말재주를 부리려고 하지 않는다. 때 묻고 약싹빠르며 달아빠진 그런 잔꾀를 배척하고 있다. 투박한 대로의 순수 의지, 덜 다듬어진 원생적原生的 발상은 이제 그의 피나는 시어 탁마 속에 미구에는 우리에게 값진 열매를 보여줄 날을 기대하면서, 그의 시 독후감을 한 편 한 편씩 독자 여러분과 논의하련다.

섬이 누워 낮잠 자다
선잠 깨 투정부리는 거냐
발장구 치는 파도여

물결 골은
구름으로 가슴 활짝 펴고

화물선
화안和顔의 파도 밀어 젖히며
넘어질 것인가

쭈욱 미끄러져 간다

불쑥불쑥 고개 내미는
섬 섬 섬

나 또한 간다

—〈다도해〉 전문

'다도해'에 대한 양정동의 메타포는 너무도 순수하며 질
감미質感美 넘치게 우리의 감관感官을 압도해 온다. 때묻지 않
은 투박한 서정미 속에 다도해의 해양미海洋美가 가히 일품이
다. '투정부리는 거냐', '구름으로', '넘어질 것인가'와 같
은 직유의 비유법이 어째서 독자에게 거슬리지 않고, 뿌듯
하게 수용되는 것인가. 여기에 양정동의 시적 재질才質을 우
리는 먼저 사줄 만하다.

　시를 쓴다는 것은 무엇인가. 그것은 언어에 의하여 우리의
내부에다 새로운 emotion을 환기시키는 작업이다. 그럴진
대 양정동은 〈다도해〉로써 독자들에게 우리 시단의 새로운
정감情感을 일깨워 주고 있다. 한국 현대시에서 이토록 〈다도
해〉 및 그 바다를 실감나게 메타포한 시는 일찍이 찾아 볼
수 없었다.

풀씨가 바람 타고 간다

바람 여행으로 내려앉은
그곳
눈 쌓인 산이면 어떻고
들이면 어떠랴

밝거나 어두운 곳이면
또 어떠하리
바람으로도
제멋대로 할 수 없는
머무는 그곳에
보금자리 만들어

그 곳이
고향이라 생각하고 살면

그 또한 어떠한가
　　　　　　　　　　—〈풀씨〉 전문

　우리는 그동안 때 묻은 시어, 조작적인 기교적 시어들을
대해 왔다. 그러나 여기 〈풀씨〉에서는 어떤가. 양정동의 언
어는 순박하다. 그 순박미 속에 미덥게 도사리는 메타포와
순수한 이미지가 우리에게 신선감을 던져주고 있지 않는가.
풀씨를 통한 삶의 진실을 추구하는 현대시의 새로운 가능성
을 제시하고 있다는 것을 여기서 굳이 강조하고 싶다. 체념
속에서, 절망 속에서 오히려 인생의 새로운 방법론을 천착
하고 있는 작품이다.

　새소리도
　들리지 않는 산사의 아침

　유유히 흐르는
　계곡의 물도
　풍경도
　모든 나뭇잎도 독경을 한다

나무아미타불
관세음보살

—〈독경〉 전문

　이번에는 우리가 양정동이 이끄는 산사山寺로 찾아가 보자. '계곡의 물도/ 풍경도/ 모든 나뭇잎도 독경' 한다는 이 산사의 새 아침은 우리가 세속에 때 묻어온 마음을 말끔히 닦아 주고 있다. 오늘날 말재주만 부리는 시인들에게 나는 이 〈독경〉을 읽도록 권유하련다. 시가 새롭다는 것이 무엇인지, 양정동이 보여주는 시세계의 참신성을 우리는 눈을 크게 뜨고 인식해야 한다. 그의 시어의 매력은 이렇듯 다듬어지지 않은 것 같은 투박성에서 형상미形象美가 넘쳐 나고 있다.

작은 잔은
고임과 넘침이 빠르고 적으며

큰 잔은
고임이 느리고
넘침도 많듯이

인간에게도 잔은 있으나
고이고 넘침이 보이지 않아

허와 실
알 수가 없구나

질량불변의 법칙이랴

—〈잔〉 전문

이번에는 양정동이 〈잔〉을 통해서 그릇(器)의 미학이 아닌, 인생의 아포리즘(잠언)을 제시하고 있어서, 그의 다양한 시적 메타포의 세계를 주지시킨다. 따지고 보자면 참다운 삶의 가치 추구가 현대시의 큰 과제의 하나다.

시인이 인생을 관조하는 혜안(慧眼)을 통해 시의 새로운 인생미를 창출할 수 있다면 그것 또한 큰 수확이 아닐 수 없다. 시를 쉽고 간결하게 표현하면서도 거기에 내재시키는 순수한 잠언적 이미지 제시도 자못 흥미롭다.

산길에서
싱그러운 장미 한 송이를 보았다

햇빛 따라 움직임이
너무 아름다워 한 발 다가가자

'꺾기만 해 봐라
확 찔러 버릴 거야'

더 가까이 가자
떨리는 목소리로

'뿌리채 가져 가오소서'
— 〈들장미〉 전문

삶의 메타포가 양정동의 솜씨를 통해 다양한 시적 시각을 우리에게 흥미롭게 제시한 작품이 〈들장미〉가 아닌가 한다. 얼핏 읽기에도 이 시가 안겨주는 것은 후끈한 삶의 미학이다. 과연 그는 인생파 시인답게 이 유머러스한 시편을 통해서, 우리에게 인생의 의미, 그 깊이며 여유를 만끽시키는 재능을 보여주고 있다.

나는 이 시를 대하면서 독일의 문호 괴테(Goethe, J. Wolfgang Von, 1749~1832)의 명시 〈들장미〉가 문득 떠올랐다. 그 시의 제2연은 다음과 같다.

소년은 말했지
"들장미여, 너를 꺾으마"
장미는 대답했네
"당신이 나를 잊지 못하도록
가시로 찌를 거예요"

괴테 시의 제3연에서 소년은 장미를 꺾는다. 그리고 가시에 찔린다.

양정동은 괴테와 발상이 똑같았으나, 마지막 제5연에서 괴테와는 상반하는 여유만만한 극적劇的 전환을 했다. 즉, "뿌리채 가져 가오소서"가 그것이다. 여기서 다른 해석을 붙이면 사족이 될 것 같다. 독자들은 이 작품을 다시 한번 음미하면서, 인생파 시인의 깊은 속, 아니 그의 아포리즘의 빼어난 시적 메타포를 살피게 될 것이다.

이 밤에
누가 날 부르는가

찾아올 이 없는데
살며시 문 열어보니

뜰에 내린 그믐달

싸리 바람 몰고 와

낙엽 담아
가는 소리가
— 〈혼자서〉 전문

고독의 의미는 왕왕 현대시의 중요한 제재題材가 되고 있다. 고독이 외로움 그 자체로 끝난다면 문학적 형상화는 허망한 것이다. 그러나 고독의 세련된 메타포를 통해 심도 있고 내재미內在美를 이미지화 시킨 데에 〈혼자서〉의 시적 창작성으로서 우리는 평가하게 된다. 양정동의 다양한 시의 표현세계에는 다소 미숙한 부분들도 나타나 있다. 그것은 앞으로 이 시인의 더욱 피나는 시어 탁마 속에서 또한 인생의 연륜年輪을 더하는 가운데 우리에게 보다 값진 성숙의 시 세계를 보여줄 것으로서 기대하련다.

많은 시인들의 유형화類型化되거나 진부한 소재, 손재주만 부리는 작위적作爲的인 시편들을 대하다가, 양정동의 시세계를 접하면서 나는 그에게 앞날의 빛나는 시업詩業을 기대하게 되었다.

이제 첫 시집인 만큼, 또한 이 땅의 시단의 신인新人으로서, 야심만만하고 당당한 자세 속에서, 우리의 시어를 탁마한다면 양정동의 지금과 같은 순박하고 성실한 시 작업은 반드시 큰 열매를 거두게 되리라고 본다.

평생에 가장 빛나는 한 편의 시, 우리 한국 시문학사를 빛낼 시 작업을 향해 꾸준히 연마할 것을 거듭 권고하련다.

양정동 시집

다_도해

지은이 / 양정동
펴낸이 / 김재엽
펴낸곳 / **한누리미디어**

•

100-845, 서울시 중구 을지로 2가 148-73
신화빌딩 401호
전화 / (02)2278-4513, 2268-4514
팩스 / (02)2268-4524

•

등록 / 제16-467호(1993. 11. 4)

•

발행일 / 2005년 6월 15일

•

ⓒ 2005 양정동 Printed in KOREA

•

값 7,000원

E-mail/hannury2003@hanmail.net

※잘못된 책은 바꿔드립니다.
※저자와의 협약으로 인지는 생략합니다.

•

ISBN 89-7969-271-4 03810